责任编辑：徐华华 孙建军

装帧设计：孙建军 马万贞

江苏美术出版社

前　言

　　理解室外灯光运用的关键是了解使用室外灯光的目的。室外灯光不是新概念,也不会被狭隘的限制。现在的光源完全能够为灯光设计效果提供可能,因为我们的生活需要光,我们的夜生活越来越丰富,而且我们可以使用令人难以置信的工具来满足我们的需要。

　　建筑师的原则是包含居住者所需要的,把构想转化为产生舒适的居住环境;灯光设计师和工程师的原则是如何使这两样东西融合为一体。

　　设计灯光是实际需要而为的运作。灯光不是砖,不是瓦,不是一小团东西。突破灯光自身限制的秘密才刚刚开始,室内与室外灯光设计直接影响着我们的生活。随着人们生活质量的不断提高,对光环境的要求也越来越高,光环境设计的科学性、艺术性的实际应用、品位格调、制作要求亦越高,因此,我们必须充分认识和发挥光环境设计的效应,运用它的特质,使我们的生活更丰富、更多彩。冀望此书的出版能使读者了解世界目前最先进的光环境设计和运用手段及技法,促动国内光环境设计水平的提高和发展。

　　湖岸由 2 瓦的低压灯装饰,湖中的五个喷泉被两个低压的 PAR46 的灯光装置照亮。太空船似的建筑圆顶四周装上了充满氩气和水银蒸气的灯管,设计者选择这种灯管的原因是它能产生柔和的白色光线。建筑物四周的景致也被关注到了,低压的 PAR56 的灯光装置照亮了中等高的树丛和高大的棕榈树。

1
亮化建筑物应是"无日期的"无限地保持,这对现代都市的人们是一种美好的希望。

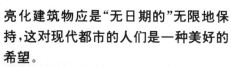

②

③

④

2
建筑物是靠体量和线条来传递"语言"信息的,而夜晚的线条是用"光"来体现的。

3
适当的在围绕主体建筑物旁的植物上设计光照,会使环境更加生动。

4
每个喷水口都被低压的、可放入水中的特种灯光装置照亮。

①

1
这种间接的"光"的设计，加强了建筑物
的空间感。

2
建筑物圆顶周围装上充满氮气和水银
体的发光灯管，形成光带。

②

①

密执安国会大厦的屋顶被 1000 瓦到 1500 瓦的水银泛光灯照亮，假如你偶而在夜晚漫步到这里，你的眼睛一定会被这辉煌的灯景所吸引。使用这套灯光设备，可以比使用旧的水银灯节约 33% 的能源。

②

1
光源与清晰的建筑物表平面相符，而且这种金属卤化物炽热系统比以往的水银系统省 33% 的能源。

2
建筑物表面以及圆屋顶华丽的装饰细节，在射灯光照下得到充分的显示。

通过玻璃幕墙创造了一个十分美丽的室外夜景。100瓦的金属卤化物灯装置照亮了室外。

1、2
这是两座具有强烈空间穿透感的现代
建筑，金属卤化物灯光的设置，加强了
建筑物的表现力。

①

②

①

②

③

1
部分外面的景象来自室内的氖灯和金属卤化物灯光装置。

2
用氖灯去增强鲜明色彩的室内家具陈设效果。

3
覆盖整个大楼的金属卤化物灯光，使古铜色的玻璃幕墙闪闪发光。

　　喷泉池深 34 英尺,从前到后 16.75 英尺,安装了新型喷咀和快速水泵。新型的 1000 瓦 PAR64
灯,共有 139 个被浸置池中,一个电子计算机电子控制板被安装在水底用来控制这些灯具。普罗米
修斯把火带到人间的希腊雕塑前,水帘升起,苍白与黄色的光挡住了雕塑,然后迅疾地转成红色,雕
塑又重新显现在人们的面前。

①

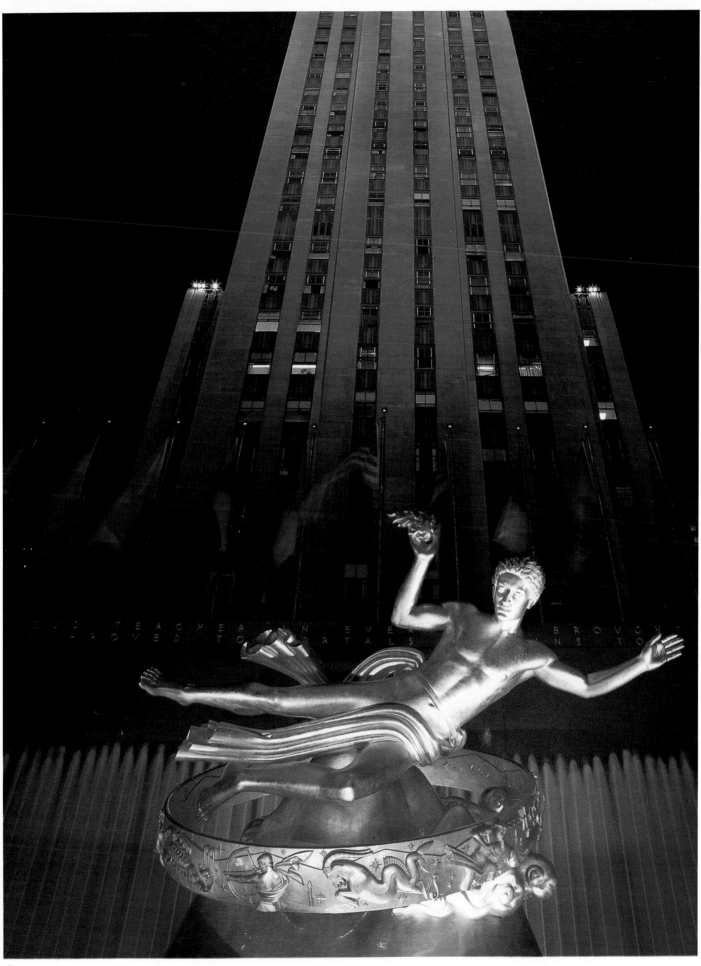

②

①

②

⑤

③

④

⑥

①

②

③

④

以石灰石为外观建材的这幢建筑,原以为用金属卤素灯光照效果为佳,结果色调冷冽,给人冰森冷漠、不可触摸之感,于是改用高压钠灯,色彩顿觉温暖柔和亲切起来了。几英里之外就可看到顶端的灯光,——这是一个玻璃幕墙的圆顶,内部装有清晰的水银灯,清冷的灯光与外观光照温柔形成反差节制。

1
高压钠光装置用以突出建筑物的细节,给建筑物一个吸引人的外表。

2
灯光装置为高耸的银行大楼而设计。

①

②

斯蒂文选择了三种不同的光源来增强院子的动感：暖色调的和冷色调的金属卤化灯及低压白炽灯，灯光被用来产生一个波动平面上的运动效果，尤其是在夜里模仿太阳的移动，把光线照在雕塑上。五个护栏被设计成20英尺、16英尺和8英尺高，12瓦的灯光装置。每根栏杆上有4个由一个电子计时控制器控制可调光的电路，每隔7秒就改变光照图案。庭院的四周用低压金属卤化物灯光装置勾出其轮廓，树木则被175瓦的金属卤化物灯照亮。一个时间钟全年控制着庭院的灯光系统。6根从4英尺到10英尺高度不等的护栏，照亮了通往院子的路。护栏被标上一定的高度，是因为路是斜坡的，设计者想通过它校正补足建筑物正面的视觉线条。这些护栏内装有100瓦的金属卤化物灯装置，小的半透明的有机玻璃中还有100瓦的水银灯照亮着屋顶。

②

①

1
光线在 7 秒钟里交错变化。
2
建筑物旁的树木被 175 瓦的金属卤化
物灯照亮。

②

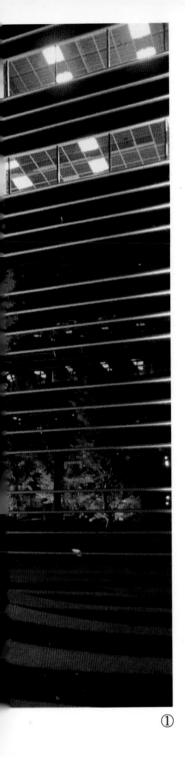

①

1
具有动感的地面光照冲淡了大楼正面
的色彩。

2
车道的保护桩装上了灯光设备,照亮了
路面。

3
保护桩里放置了金属卤化物和水银蒸
气灯。

③

1
车道保护桩的高度范围是 1 米到 4 米。

2
因为车道的斜度，保护桩设计成各种各
样的高度。

①

1、2

建筑物的装饰线和地面图案非常统一。

3

雕塑是由玻璃钢和花岗岩组成的。

②

③

1、2

建筑物的装饰线和地面图案非常统一。

3

雕塑是由玻璃钢和花岗岩组成的。

灯光方案加强建筑物设计的效果，因为它是艺术设计元素之一。

④

4
灯的垂直光线和屋顶相连。
5
带有铝盖的装置。

⑤

1

铝和间接照明落地灯通过隐藏在花岗
岩基石中的金属卤化物灯照亮。

2

荧光装置被安放在围绕屋顶的阶梯的
底层。

②

①

通过采用改变灯光配置的办法,令人产生仿佛进入未来城市公园的感觉。灯光表现的构思是逐步展示的,它表达了灯光、水、草场间的和谐,同时展现了这个城市的个性。在中心广场,1040盏灯被放置在20米长、100米宽的地域上,犹如深邃、幽暗的大海中波光鳞鳞闪烁。为了突出灯光的这一效果,所有的装置都是隐秘的,只用间接的光线照亮相邻的树、墙、长凳和水的景色。同时为了便于户外活动的进行,顶上配有舞台灯光式的两根可自动升降的灯杆被安置在地面上,随时可为需要服务。

1
在广场中心,
1040盈灯被点亮,在黑暗中创造出一种
似大海的闪烁景象。
2
建筑物、树和长凳被照亮,而引人注目,
以至于广场的其它地方都显得模糊了。

①

②

　　顾客要求精巧、璀灿的照明效果被反映到花岗岩装饰的建筑物上。

1
保护物的折射创造了一种距离上的幻觉。
2
按顾客的要求为装上花岗岩的建筑物而设计的巧妙优美的照明设备。
3
金属卤化物灯和高压钠灯装置混合在一起，在楼顶上加上水银灯。

高压钠灯营造了一种柔和的太阳光似的效果，金属卤化物灯装置为深度和阴影提供了感觉。

②

③

　　设计者用灯光使建筑物的正面变成一个巨大的广告牌，它是由混凝土组合而成的。室外的屏风墙，被175瓦的金属卤化物灯装置照亮。门口的圆形拱顶被安置在基底上的250瓦的金属卤化物灯点亮，给夜晚的建筑增添了迷人的景象。

1
弯曲的拱顶被隐藏着的金属卤化物灯
装置照亮。
2
有形的保护桩装上了金属卤化物灯，照
亮了轮廓清晰的标志。

①

②

　　这座有78年历史的集散大楼,利用金属卤化物灯和高压钠灯的相互结合。在夜晚,建筑上的丰富雕刻细节被灯光照得十分清晰。1000瓦的高压钠灯作为主要设备,创造出一种柔和的黄色的犹如太阳光似的效果。1000瓦的金属卤化物灯装置增添了阴影和深度,吸引着众多过路的车和行人。

高压钠灯营造了一种柔和的太阳光似的效果,
金属卤化物灯装置为深度和阴影提供了感觉。

Jefferson 公园,位于哥伦比亚历史区,包括 20 世纪早期美国作家 James Thurber 的住房。在房屋前面,公园的北面,是一座青铜色雕塑"公园的独角兽"。

Steven Elbert 给公园设计一种奇想,增加了多倍的 faceted 灯光系统,尽可能使用 gazebo 至黑暗中。

①

1
18 个气体灯光装置被装饰。
荧光装置发出的白光柔和地洒在屋顶
的白色底部。

②

①

1
指挥台上放置着紧凑的荧光灯。
2
照亮道路的气体灯装置增强了公园的
历史特征。
3
尖顶的灯是水银灯装置，
下面是安放在屋顶中间的金属卤化物灯
装置。

②

③

④

4

常有铁围及防破坏的荧光装置附在八
边形屋顶的一周。

5

两条螺旋的尖顶酷似公园古铜色独角
兽雕塑的螺旋状喇叭。

⑤

照亮建筑物圆柱的许多光线,来源于石英灯光装置,它们被设计成双层玻璃顶,以防孩子们在公共场所不会因碰它而灼伤,双层玻璃可以防止玻璃变得太热。水里的喷泉被1000瓦的石英灯装置照亮。设计者希望营造出一种闲瑕的自然环境的感觉。

**双层玻璃罩顶装置防止好奇的孩子们
灼伤他们的手。
大多数的灯光伴随着燃烧的物质。**

在欧洲、日本,室外激光、投影灯光、声音显示都作为市政文化、庆祝、宗教盛会的表现而越来越流行。这里收集了灯光设计师 Motoko bshll 设计的激光显示,好像在黑暗宇宙中使用灯光照在帆布上的一幅画。

1
闪烁在雨中的激光束。
2
在云中的激光投影。
3
被照亮的寺庙。
4
被照亮的大门。
5
激光和射灯混合的投射效果。

①

②

③

⑤

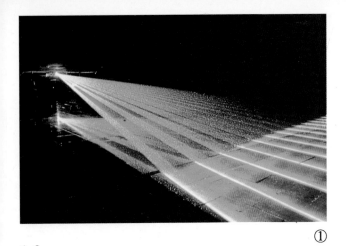

①   

②

1、2

激光艺术投射。

3

活泼的激光图案。

4

反射在沙滩和树上的纸卷。

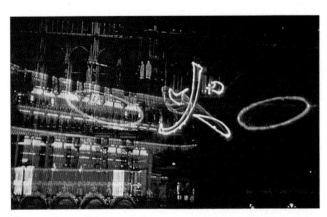

③

④

由于这里是会议和市政中心，就要求有建筑的夜景。而且这里不位于市区，所以客人们希望这儿的灯光照明会给人一种安全的感觉。柱子上用的是 24 瓦 PAR56 的灯光装置，以突出建筑物的正面。

5

柱子上是 PAR56 的灯光装置，
强调正面而不是车道。

因为塔非常高,外墙面的照明方法与其余的塔截然不同。120 伏石英,350/500 瓦泛光灯(带有变压器)提供了所需的流明输出量。其余每一个塔顶用 4 个石英泛光灯,每个 300 瓦,亮度降低了 60%,可作为安全灯使用。泛光灯经由一个反射器被反射到墙上,造成了一个柔光而不是刺眼强光的漫射效果。中间部分则由 PAR56 顶吊灯照亮。

1
灯光装置隐藏在多层的柱头里。

2
塔的外墙被 300 瓦的石英泛光灯照亮

②

③

④

⑥

3
最高的塔是国王塔。
4
喷泉被放入水中的 PAR38 装置照亮。
5
大象被交错的灯光照亮。
6
这些灯光装置的位置在白天是看不见的。

⑤

7

夜晚的丰富灯光使来到这里的客人感
觉到好像有人在这个宫殿里。

夜晚的丰富灯光使来到这里的客人感
觉到好像有人在这个宫殿里。

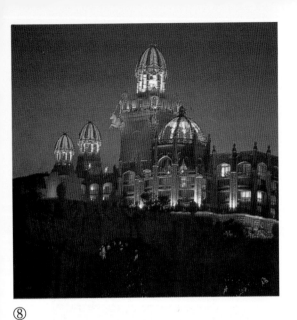

⑧

⑨

8
在夜晚，宫殿华丽的灯光显示出历史的特性。
9
在白天，建筑群给人一种富有的感觉。
10
宫殿里的每个动物雕像在灯光下给人一种戏剧性的感觉。

⑩

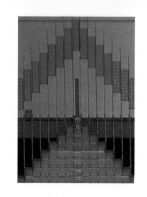

　　Champagne 说，我意在创造出一种精神效果。光是一种代表治愈与希望的精神力量，它暗喻着繁荣与光明。

　　这座雕塑始建于 1988 年，其维修很好，至今仍日夜通明。顶端是金字塔形的玻璃顶，色调较暗。逐级亮化的光色，使人觉得精神在不断地延伸，直到一个新的释放。

圣杯是由氖、大片玻璃、铝和铁组成的，
色彩在人的身体上反射出神圣的力量。

教堂对灯光的设计要求为：产生戏剧性的效果，低能量的消耗，禁止采用远距离的灯光，不阻碍，长久耐用。

华盛顿国家大教堂，是北美第二大规模的古典风格建筑物，整个建筑历时八十五年才完工。

②

①

花了八十五年建造的大教堂白天景色，
不远的照明限制导致灯光装置在门口
和低墙后的石造部分的结合。

③

④

Mill Race 公园：

　　250 瓦水底石英灯照亮了水墙；为了表现宛若水面泛起涟漪的灯光效果，则需要 50 瓦的 PAR20 型光具。晚上，运用不同照度的灯组成的微光系统，使得水墙的光照不断地产生变化。白炽灯的漫射使夜幕中的石墙看似温柔亲切；树丛被照亮后植物的绿色仿佛又被加深了一层色，越发的透出静谧之态。

由于流水是这个公园的主要特色，流水在不停地循环着，而不是水平上升的装置。

①

1
在桥的栏杆里，汇集着带有蚀刻玻璃透镜的 90 瓦的炽热灯，使道路变得明显。
2
通过上光和侧光与流水的交互作用产生闪光的效果。

②

③

3
艺术石墙被装置在地上的 250 瓦射灯
的投射后，非常引人入胜。

白天，自然光打在有一定角度的嵌板上，太阳和云彩的光将映照在装有镜子的嵌板上，入夜则似有星星和月亮的柔光。

从晚上到深夜，重色铝制底座玻璃高压钠灯照亮，温暖的亮光与附近人行天桥的冷光形成反差。

晚上，纪念碑变重了。多面体表面的霓虹灯却依然亮着。氙气探照灯开始向两公里远的大钟"致敬"。音乐随着灯光的变化显示时间。

①

②

1
白天，纪念碑作为一种艺术品被人们观赏。

2
傍晚的景色同时也显示了周围的环境。

3
这个纪念碑是一个由多种多样四面体组合而成的多面体。

③

①

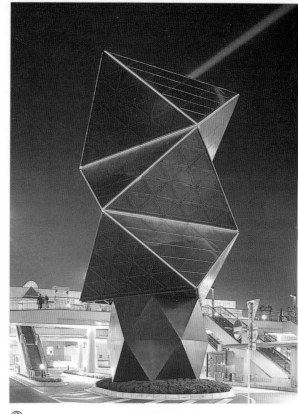

②

③

1
在晚上氖气灯的蓝色轮廓是这个城市
有生机的光线和声音所展示的一部分。

2
周围的电子光线反射在金属镶板上。

3
在白天和晚上的不同时间里，纪念碑呈
现出各种各样的灯光展示。

　　圣路易斯联合车站有 60,000 平方英尺面积,两个办公大楼、一家饭店、一家影剧院围绕在公共广场的四周。设计者选用 1000 瓦的高压钠灯照亮烟囱,产生一种柔和的金黄色的色彩。使用计算机技术,灯具安置在高烟囱有 8 英尺距离的地方,由三角形的铁制托架支撑着。电影院的灯光是从建筑顶端的荧光灯中发出的,影院前的公共广场,使用的是 150 瓦 A21 的白炽灯光装置。烟囱和影院的灯光设计都获得了世界灯光设计奖。

④

4

⑤

4

这些新的建筑群阐述了本地工业繁杂
的地点原是废弃的铁路的调车厂。

5

高压钠的黄色光辉补足烟囱和毗连的
砖建筑的泥土色调。

　　最初的建筑构思是用白色的金属镶板装饰巨大的圆柱间的正面。灯光设计师斯蒂文与其它设计者们讨论了室外的构思，决定以半透明的曹列克斯玻璃代替金属镶板。曹列克斯玻璃可以使人们的注意力从建筑物的正面移到发亮的广告板上，且光线反射到广场上，使顾客同样感到安全和舒适。镶板的后面是金属卤化物的顶灯和底灯，光线投射到镶板和人行道上。每个圆柱顶部的灯光装置用来照亮圆柱及入口前面的人行道。

1、
建筑在白天和晚上所显示感觉完全
不同的外观效果。

2
从电影院的玻璃正面看照亮的大厅，吸引常去电影院的人到这个在公路边的不寻常的地方。

　　菲利浦公司捐赠的 150 瓦 PAR 泛光灯被涂成红、蓝、琥珀和白色。联合信号公司也赠送了 192 个旋转式柱形灯。120 个铝制的像图腾一样的雕塑由印第安那州的艺术家们制作完成。每个雕塑有 10 盏灯照明，每一盏上镶有一个蓝色透镜。所有这些照明由大楼 120 伏电力系统提供电力。艺术家们在试验了不同光源和技术的视觉效果以后，在白炽灯以外又增添了旋转柱式灯。

1
'89 的第四个夜晚的灯景和被称作 '89 灯光舞蹈的湖前探照灯芭蕾表演合在一起。
2
'89 灯光雕塑的基础灯景是超过 7000 个窗户的设计物。
3
'89 灯光舞蹈中的道道光线穿过夜晚的黑暗反衬着邻近湖的黑暗。
1
每扇窗户上的彩色纸使光漫射。

②

①

③

④

5

艺术家根据模型和计算机图示实验建造了这座巨大的光线雕塑。

6

为灯光舞蹈所做的"手稿"非常像交响乐队的乐谱。

7

灯景从黄昏持续到凌晨两点，每四个晚上一次。

'89 的灯光舞蹈有如灯光芭蕾，使用的是二次世界大战时的弧光探照灯。

⑥

⑤

⑦

④

5

艺术家根据模型和计算机图示实验建造了这座巨大的光线雕塑。

6

为灯光舞蹈所做的"手稿"非常像交响乐队的乐谱。

7

灯景从黄昏持续到凌晨两点,每四个晚上一次。

'89 的灯光舞蹈有如灯光芭蕾,使用的是二次世界大战时的弧光探照灯。

⑥

⑤

⑦

世界光廊的灯光和声响系统包括数个巨大的视屏。人们从不同的角度都可以欣赏到屏幕上映放出的世界各地的夜景。

不同位置的灯光随着音乐闪烁变化,这是世界上第一个完整的灯光与环境相得益彰的工程。

应用特制的三色灯(红、绿、蓝)滤光器,体操馆、棒球场和其余主要的体育场馆里可以打出120种不同的灯光。

另外,在主门附近的田径场上安装了世界上最大的激光系统。从这儿发射出的红、蓝、绿三角光在 Gifu 纪念中心的上空起舞。这些系统由一个主控计算机和卫星计算机自动控制。

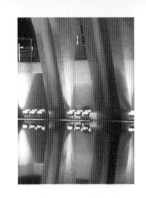

①

②

③

1
人行道一层作为主要的取景点。
2
自由变化的灯光为表演增加了活力。
3
每个区域包括一台计算机、两台大型放映机及声控设备。

灯光扩展了戏剧效果至雕像上,代替了仅注意雕像本身。

①

这里的灯光是有效的,
因为它增强了雕塑的效果而不是灯光
本身。

　　这是横滨港大桥,最高的桥塔为172米,桥长860米,成为世界上最长的吊缆桥之一。在横滨市的特殊日子里,横滨港大桥将作为本市的最重要的景致被照亮。为了显示白色主塔的高度,金属卤化灯装置把光线集中在这里,水银灯放置在塔底,增强水中的反射效果。主塔沐浴在蓝色的光线里,打开一小时后,关闭十五秒钟,用光线创造出时间的标志。

1
横滨港大桥景色。
2
主要的塔顶被蓝色的滤光照亮。

②

　　按照设计习惯，入口的两侧装上一对又大又长的 40 瓦灯光装置，它可以发出荧光，这样既符合装潢要求又较实用。通道的建筑细节是一组 150 瓦的金属卤化物灯光装置，这些顶灯被装置在门的壁阶上。里面的拱顶沐浴在由 150 瓦的高压钠灯所产生的暖色光调中。红色的房灯所环绕的建筑物顶部和黄色串接的低壁阶，从色彩上完全可以增添人们的兴趣。

①

1
重复的设计要素用在入口道路上，建立一种整体的感觉。
2
大型的荧光装饰灯台位于大门的两侧。

　　这是一家连锁店,有十分引人注意的入口处。35 瓦的高压钠灯发出黄色的光线。在广场的后面,泛光灯像窗户似的打开。20 瓦的高压钠灯在拐角处,突出建筑物的垂直的感觉。可调节的 PAR36 灯光装置被安放在竖立的柱子顶端,这些灯可调暗以延长灯泡的寿命。为了反衬柔和的高压钠灯,路径上的灯采用 100 瓦的金属卤化物灯装置。

高压钠灯光装置被仔细地安放,放射出立体的、温和的室外土地色调。

大楼上的高压钠灯光装置发出的光辉
和从金属卤化物灯里发出的鲜红色的
公路上的保护桩形成对比。

这个商店被设计成其它连
锁店的原型。

③

泛太平洋饭店

　　环绕六角形塔顶的照明系统包括绿色霓虹灯和圆柱形盖灯两部分。这种组合放射出明亮四射的光束。霓虹绿光照亮了整个建筑,与这个城市高层建筑的红蓝色调形成了巨大的反差。

　　霓虹灯管发射了 440,000 个流明(光通量单位),原来计划用 60 毫安的电流现在降到了 30 毫安,总电压为 7 千瓦;丙烯酸保护层防止日晒雨淋,起到了较好的保护作用。

①

1
六边形的设计基于建筑中仿造自然的造型。

2
这个东南面的景色显示的是 27 层高的三家旅馆及后景中的 30 层高的五栋办公室。

②

①

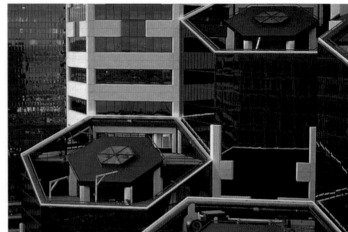

②

1、5
装在普列克斯玻璃里的绿色氖条光带，
避免了环境和安全的危险。

2
从高处能够近距离地欣赏氖气灯。

3
绿色的氖气灯管提供了引人注意的色
彩。

4
用以对比这座城市天空中轮廓的现有
的蓝色和红色标记。

③

④

⑤

建筑物的东西两侧为光滑表面，不需要配光，所以在南北两侧配置了照明系统。

在建筑物的顶端，75 瓦金属卤素灯打出一系列平行光线，塔尖则安装一个 1000 瓦金属卤素灯。175 瓦金属卤素灯打出的强光使得花岗岩底座夺目耀眼。节日里，无数小灯像星星闪烁，烘托气氛，泉水池底地安装了 30 盏可淹没在水中的池灯。

1
可放人水中的灯照亮了水以及洒在了成斜线的喷泉阶梯上。
2
两个广场的照明是以北边和南北为中心，这里有 15 英尺的梯形后退的屋顶平台。

①

②

①

多雾的金属卤化物灯装置把广场照亮，
在芝加哥的天空中显出很清晰的界际。
2
按惯例设计的保护桩里放置了金属卤
化物灯具，使用艺术玻璃和铝光。

②

3
新的和旧的大楼在中楼和大厅处联结。

③

　　镶嵌在建筑表面的175瓦的金属卤化物顶灯照亮了水泥结构的墙面。建筑的顶部是40瓦的荧光灯，创造出一条闪亮的光道。曲线状的入口通道被特别强调，镶嵌在弧形表面顶端的40瓦的荧光灯所发出的光，产生一种美感。人的注意力往往被橱窗中的商品所吸引，因为橱窗内镶嵌着75瓦的直流电灯和25瓦的低压灯。

①

1
到实地去看看建筑，才能使计算机的表演更加真实。

2
计算机技术用于建筑和外部灯光，这是计算机显示的白天的大楼。

②

③

④

3
隐藏在内的垂直的荧光灯装置照亮了
入口处的正面,把人们的视线从建筑的
其它地方移到这里。

4
计算机显示用什么样的灯光才能使建
筑看起来像是在晚上。

　　这件艺术作品是由多种色彩形成的玻璃嵌入墙内与高大的石头主线构成的。光线无法通过着色玻璃直接进入，这就意味着必须在墙后和四周装上光源，用以吸引视线。在玻璃墙的后面，建筑物的旁边放置同样的灯光装置，以光线来吸引视线，在玻璃上创造一种不规则的使人感兴趣的图案。

图中玻璃不是直接被照亮，装置被放在彩色玻璃墙的后面和四周。

①

太阳剧院装饰了形如太阳光线的 500 英尺长的房灯,空的门廊被点射光照亮。

①

1
太阳剧院的前面被装饰上形如太阳光线的 500 英尺长的氖气灯。

2
剧院的前面被一排 250 瓦的卤素灯照亮。

②

③

3
电缘线被藏在草下的纤维光学构造照亮。

复兴广场

　　广场底部的单元设置安装了 PAR38 卤素灯，内部的黑色硫化天窗板有 3 英寸厚，用来减弱刺眼的强光，玻璃彩灯则增强了光照的气氛。

①

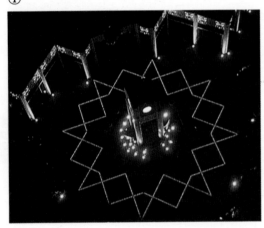

1
在广场花岗石块间的交会处安置灯，形成 16 个点的星形图案。

2
预制的修饰镶板是从一座不得不从文艺复兴时期的广场拆除的建筑中拯救出来的，后面点亮的荧光条纹用以强调装饰品的细节。

3
所有的炽热灯减少了 20％ 的亮度以延长电灯寿命。上面的灯是按习惯制作的，照红了地面。

4
在上面的灯上增加滤色器，增添雕塑四周的节日感。

②

③

④

　　石英灯可轻微地调暗,这样可以延长灯的寿命,且可安装在地面上,照亮塔顶。装饰性的烛台增加了灯光照在窗子间墙上的散光效果。光线掠过墙,增强了墙的粗糙的轮廓,配合引人入胜的高灯照在单调的白色建筑物的正面上。塔顶上的玻璃锥形物就像指示灯,是用玻璃镶板制成的,荧光从里面照出来。一些商店的标志由冷色调的阴极背灯照亮,看上去犹如浮动在建筑物的里面。购物中心的节日气氛通过隐藏在树里的灯光装置,延伸到人行道和公园中。橡树全年生有树叶,因此每夜都有灯光斑斑点点地照射在地面上,确保了顾客的安全,也营造了一个美的环境。

①

1
蚀刻玻璃镶板和金属构成的锥形物被
塔顶的荧光灯照亮。

②

2
隐藏在树里的灯光设备,在邻近的公园空间的地面上洒下点点图案。
3
塔的正面被带有石英的灯光照亮。

③

　　建筑物的底部刻意隐处在阴影中,创造出整幢楼宅浮在空中的虚幻错觉。光照设计者精心地将转换时空的感觉结合在工作中。晚上8点开始,1800瓦的金属卤化物灯和节能氖灯每隔1小时的交替开亮;每组固定设备安放在1500平方米建筑物的南北两侧,每组包括4个1800瓦的金属卤化物灯和7个1000瓦的氖灯以及两个彩色滤光灯。顶上的彩色泛光色通过滤光灯变化产生似有季节性的变化,春天、夏天是淡蓝色,秋天、冬天是珊瑚色。这个设计获得1991年度国际照明设计奖。

1
晚上11点到午夜是灯光变化的时间。
2
金属卤化物灯装置等有效地展现出大楼内所贮的能量。

①

②

　　设计师们选择光和影的相互交织效果来照亮建筑物的正面和屋顶,用以强调窗条和石头装饰物。一束窄的 400 瓦和 1000 瓦的金属卤化物灯被安放在第五层上,垂直照亮每个窗条;较小的装置安放在窗台上,增亮第二到第四层的窗条。在入口处,设计者建造了一个由铜和半透明玻璃构成的建筑物,辅以光照以配合建筑的艺术风格。4 个 175 瓦的金属卤化物灯从 45 英尺高的灯箱中照出。灯和放在灯箱下面的附属物使维修变得十分方面。这套设备配有滤色器以供节假日和特殊的日子使用。街景中增加了新的特色,包括旗杆、树、植物以及路边的花岗岩地砖。装饰建筑的是铜烛台,每个装有 250 瓦的白炽灯泡,只开亮一半瓦数以延长灯泡寿命;铜的电话亭装有 2 个 7 瓦的袖珍荧光灯,光线通过亭子顶部的玻璃照在电话上,恰意的私语情节、温馨雅致。

①

1
增加的装饰灯光设置比白天更加突出了大楼的外表。

2
新的英国电话大楼作为令人喜爱的背景位于邮局广场公园的后面。

②

①

②

③

④

⑤

1
这种类型的灯台增补了大楼的建筑特色。

2
街景和建筑联系在一起，包括铜制的电话亭。

3
装饰灯为整修过的大楼创造了夜晚的形象。

4
灯台是由铜和半透明的玻璃制作而成的。

5
每个铜制灯台都是 250 瓦的白炽灯，显出的亮光却暗淡了一半。

6
金属卤化物灯装置照亮了大楼的半透明镶板。

⑥

灯光设计师 Patty Yorks 设计的 Minnesota 产生了极其强烈的戏剧效果,使停车场、院落建筑物的正面等融合为一体。

①

②

2
建筑的正面被高压钠灯装置照亮。
3
中心的突起被充满粉色滤光器的高压钠灯装置照亮。
4
柱式的路灯放置在大楼外面以保护结构的流线型审美观。

③

④

主体建筑和饭店的室外被 150 瓦的 PAR38 的白炽灯照亮。起初采用的是低压光源,但是这样不能引起人们的注意。这里的主人希望花园及风景产生一种迷人的感觉,客人们可以在此休息、喝酒或是吃饭,围绕他们的是自然的美景。

1
蓝色的滤光灯从前面照亮云彩,后面是
90 瓦的图形斑点。

①

②

③

⑤

④

⑥

⑦

2

白炽的灯光把驾车者的眼睛吸引到风景和饭店里。

3

可见装饰灯用在路径上,给客人一种安全的感觉,鼓励他们在花园里探个究竟。

4

各式各样风景的自然色彩是由灯光装扮的。

5

主人希望这显著的灯光能引起经过这里的驾车者的注意。

6

从地下向上照的灯光装置把树叶的层次照得分明。

7

唯一的从地下向上照的灯光装置消除了梯子的需要。

100 瓦的金属卤化物灯吸引着匆匆忙忙的顾客在夜晚光顾本区的商店。

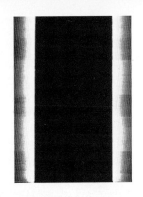

　白天,每层楼的条形窗户可使明媚的阳光射入工作空间,晚上,它可以勾画出建筑物的外形。所用的玻璃可使自然光射入楼道,也可用于夜晚的照明。室外垂直的照明效果是采用了 3 英尺和 4 英尺长的荧光灯配以沿着玻璃安装的不对称的反射镜。垂直的灯光产生一种类似太空船的效果。外部的灯以补充内部光线的不足,这里一般采用内置式的节能荧光灯。工作区使用内置式荧光照明设备,配上保护性塑料灯罩。

从隐藏在物体后的灯光装置中发出的荧光突出了建筑物的垂直感。

　　这里被一排排 30～35 英尺高的灯光装置照亮,有的路灯是单个圆球形的,有的是五个圆球组合在一起;它们都是 100 瓦的金属卤化物灯。这张照片里的景色是在节日里拍摄的,树上挂满了星星点点的灯具,和路两边的灯光装置交相呼应,组合成一张美丽的节日夜景图。

为了保持街景的完整,原来的风景设计者使这个地区变得现代化。

①

③

⑤

④

⑥

这个车站已经有六十年的历史了。为了照亮建筑物的正面,使用了多功能发光体,这些灯光装置照亮了车站四周的道路。每根柱子顶上的半球是两个 400 瓦的金属卤化物灯装置,带有粉色的玻璃滤光器,将光洒在大楼的两边和上方区域。150 瓦的金属卤化物灯照亮了窗户。多彩的灯光给建筑物的正面增加了深度和立体的感觉。

①

1
白天的车站入口。

2
路灯照亮了路面和建筑物的正面。

3
人行道和路灯并不妨碍建筑物的高大。
使用混合的灯光装置,包括由程序控制雕镂的光管。
通过建筑物含有的装饰金属半球来显示如火箭般一样高的建筑。

②

③

　　Mooney 的成就还不只是美国天空雕塑的艺术创意，他调动了人员、物资和后勤等方面的大规模的合作。成千上万的人互相协作，完成了这项令人瞩目的灯光雕塑工程。400 名自愿者——来自美国航空公司的工人，来自芝加哥和州立大学建筑学院的建筑家，来自伊利诺伊州和印第安那州的艺术家和工程师。他们构思、排练、表演，为此工程付出了大量的汗水。

　　Mooney 设计了一个 65 英尺长，35 英尺宽的驳船，浮在芝加哥河上，这是为庆祝运输史上的重大转折——水路运输到火车飞机运输的过渡。

　　驳船上装备有 2 个 220 瓦的氩镭射灯，一个 480 伏的发电器，两台计算机，1000 个钨卤灯和 20 只 20 英尺高，能发出红蓝黄三色光的风向袋。

①

③

②

④

⑤

⑥

⑦

⑧

⑨

⑩

　　伦敦的官员想请 Mooney 设计一个雕塑来庆祝当时正在爱丁堡召开的欧盟十二国首脑会议。Mooney 设计了一个在室内观看泰晤士河的工程。在一个屋子内,一面玻璃幕墙使观众能够领略到泰晤士河自东向西流的全景。

　　白天的日光照射进屋内,被幻映成变化多姿的色彩。蓝色的大灯制造出三角形的阴影在玻璃幕墙上不停地翻转,变化多端的光线折射在地板、墙与天花板上,令人陶醉。

①

1
天空中的最高点。
2、3、4
羊雕塑。

②

③

④

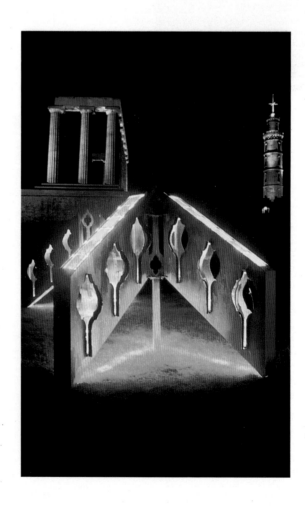

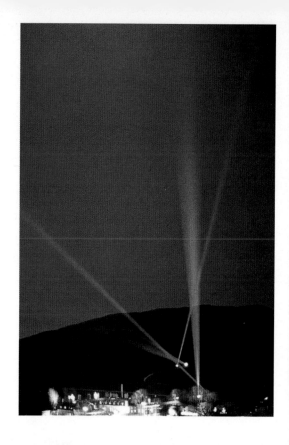

　　安放在柱子后面的一些灯光装置创造一种深邃的感觉。在建筑的前面，有顶盖的通道上面和前面的小柱子被 PAR30 的灯光装置照亮，大的柱子被 90 瓦的 PAR38 的灯光装置照亮；建筑的后面，使用的是 PAR30 和可调节的 MR16 灯光装置。为了保证完整的设计，单独的电路和时间联系在一起，当需要的时候即可接通电路。

1
成图案的光线通过玻璃从 100 瓦的灯中产生。

2
上层的较小柱子和在有顶盖通道的前面用的是 PAR30 的灯光装置。

3
从下向上照的灯光装置把光线洒在下层柱顶上。

4
旧时赛马会俱乐部被安置在这座私人巨宅中。

5
通过灯光和阴影的相互作用创造出戏剧性效果。

6
在柱子后面放置的一些装置创造一种深度和立体的感觉。

②

③

④

⑤

⑥

①

设计者的照明构思强调色彩的流动和变化，卤素 PAR 光具被置于每个柱状单元的前后部。由计算机程序控制的明暗系统交替波变，每隔 3～4 分钟作一次明暗周期变化。

"你把生活融入了我的艺术之中。"
"Plaza Tower"的设计者说。

②

1
广场塔形建筑的顶部条形光线来源于安置在窗台上的 175 瓦的金属卤化物装置。
2
雕塑被柱子前、后、顶、地下的卤化物灯装置照亮。

建筑物底部有突出的架状物，就像太空船，其周围点缀着球形物或金属半球，唤起一种古老的感觉，尽管建筑物的圆柱形顶部有办公室，但灯光不会干扰，因为任何时候，灯光装置都直接照向建筑。寿命是10000小时的金属卤化物灯光装置只适合装在天花板上。斜面被70瓦的柔和灯光照耀着，氛灯被用在屋顶内部的横杆上，就如装在圆柱体四周的圈，屋顶被藏在毛玻璃下的550瓦的灯照亮。几个500瓦的卤素聚焦灯用在皇冠状顶的下部。

使用混合的灯光装置。
包括由程序控制雕镂的光管。

通过建筑物含有的装饰金属半球
来显示如火箭般一样高的建筑。

①

灯光系统在设计发展中是重要的,不可缺少的,夜间照明给人以放松、安全、舒适的感觉和气氛。

重复的装置创造了一条"光的项链"。
玻璃灯竿上的装饰。
玻璃灯竿和质地的装饰不受潮湿气候的影响。
磨砂的金属卤化物灯装上了乳白色的球体以保护光源防止眩光。

②

④

这个塔建于 1988 年,原本不计划亮化,然而,本地居民不喜欢这个高而黑的建筑,所以决定用灯光来美化它的夜视外观,设计者们称这个建筑为"时间之塔"。一个星期的每天,冬天和夏天,节日甚至每年,都能显示出不同的灯光效果。塔的灯光装置完全是自动的,塔顶的装置每年都有改变。在晚上,卤灯自动变暗。这个设计获得 1991 年灯光设计奖。

自动控制的灯光显示出时间

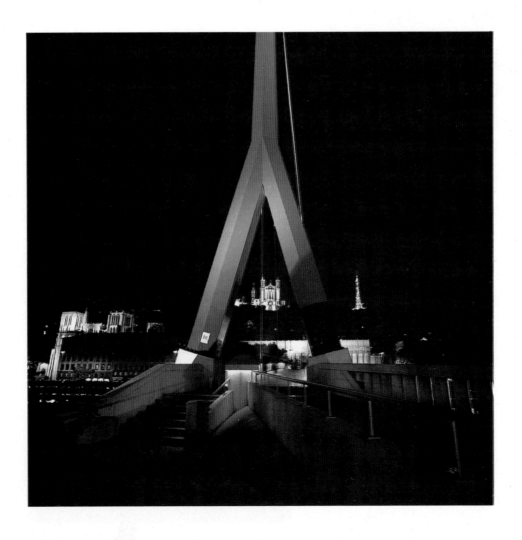

为了庆祝巴拿马运河的完工以及旧金山大地震后的重建,这座艺术宫殿被设计并于1915年建造。这座宫殿外观是赤陶色,高130英尺,在19世纪60年代末被亮化。60个1000瓦的白炽灯点亮了这座宫殿。整个宫殿从黄昏到晚上11:30被点亮着。所有的石荧和白炽灯泡降低1.5%的亮度以延长灯泡的寿命。

①

1
荧光灯安放在有过滤器的狭窄位置上,同用于其它地方的高压钠灯相协调。

2
照亮柱廊和圆形建筑物的是150瓦和250瓦精美的高压钠灯。

3
雕塑的镶板和圆形的拱门被荧光灯照亮。

②

④

⑦

4

低侧面、自由闪亮的装置除去了旁边其它光的干扰。

5

圆形建筑物里焦点放在雕塑上的灯光来源于 PAR56 装置。

6

高的位置上隐藏了所有的灯光装置，以至于在白天不会妨碍欣赏建筑物。

⑤

7

这个美术宫殿有 130 英尺高，柱廊有 70 英尺高。

⑥

室内光环境设计

室 内 光 环 境 设 计

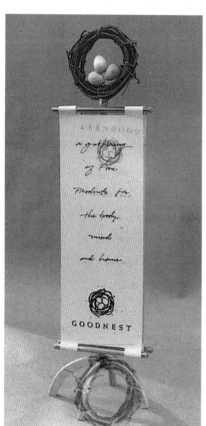

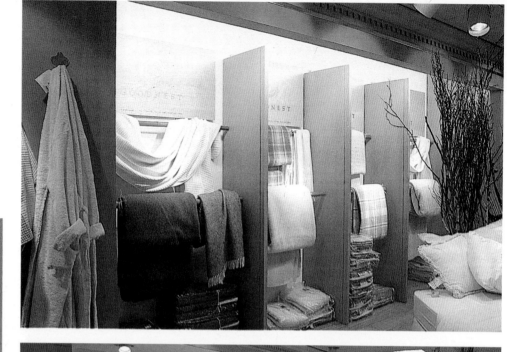

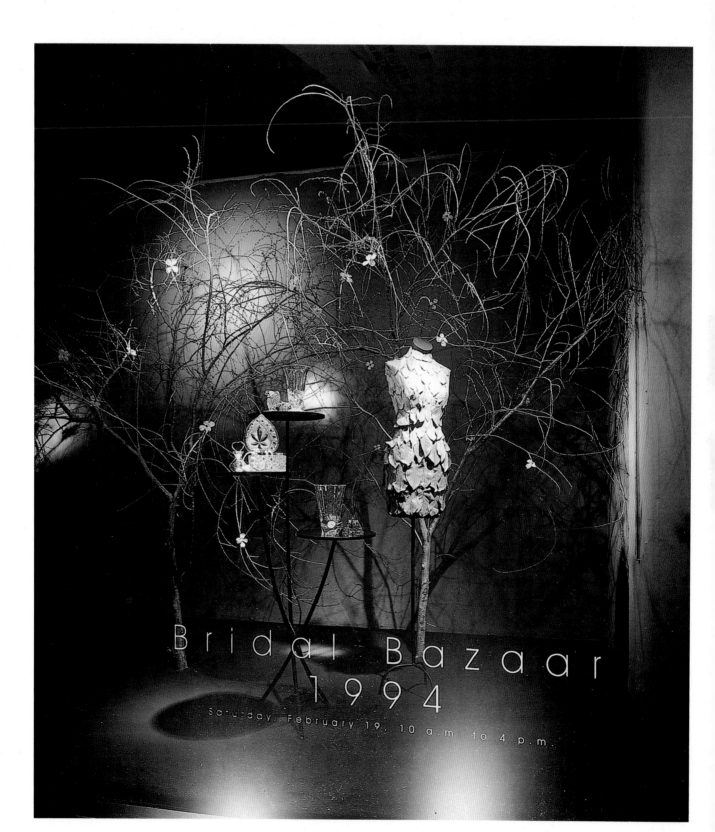

Bridal Bazaar
1994
Saturday, February 19, 10 a.m. to 4 p.m.

The President's wives had their say, now do it your way.

The President's wives had their say, now do it your way.

Black and White Ball
Little America Hotel
Friday, Feb. 11, 1992

Proceeds to Benefit
the Utah Arts Alliance
Call 581-9626 or 486-1707
for Ticket Information

Touring Classics

WHEN
TO
WEAR
IT

HOW
TO
WEAR
IT

The Men's Wardrobe Sale

Ahead of Fashion: Hats of the 20th Century
Philadelphia Museum of A
August 21st through November 27th

The Shoe Salon on 4

A-6b

责任编辑
徐华华　孙建军
编　　者
孙　青　孙晋云
装帧设计
孙建军　马万贞
翻　　译
蒋　璟